Die Doofbewohner

Dieter Köstens

2.Auflage
Januar 2025

Kontakt:
d.koestens@gmail.com

Ich wollte hier mal eine Sache zu Ende........

Verlag: BoD · Books on Demand GmbH,
In de Tarpen 42, 22848 Norderstedt,
bod@bod.de
Druck: Libri Plureos GmbH,
Friedensallee 273, 22763 Hamburg
ISBN: 978-3-7519-8440-9

Als die Kuh vom Himmel fiel

Es war ein ganz normaler Morgen in Thorach, als Doktor Elias Klein und sein Hund Herkules von ihrem täglichen Spaziergang zurückkamen. Sie stand in der Nähe der Bushaltestelle mitten auf der Dorfstraße und starrte sie an. Der Tierarzt hielt verwirrt inne. Auch Herkules zögerte kurz und begann dann, die Kuh aus sicherer Entfernung anzubellen. Das Rind ließ sich nicht aus der Ruhe bringen und machte keine Anstalten, sich zu bewegen. Dr. Klein versuchte, seinen Dobermann zu beruhigen. „Aus, Herkules, jetzt lass mal gut sein!"

Doch Herkules kam erst richtig in Fahrt und pirschte sich immer aufgeregter an die Kuh heran. Sein Spieltrieb brachte den dreibeinigen Hund fast aus dem Gleichgewicht. Die Kuh blieb völlig unbeeindruckt und zuckte mit keiner Wimper. Seltsam, dachte Elias. Herkules' Bellen rief Emma Hartmann auf den Plan. „Was ist denn hier los?", fragte sie und wischte sich die erdverschmierten Hände an ihrer geblümten Kittelschürze ab. Sie war gerade ihrer Lieblingsbeschäftigung, der Gartenarbeit nachgegangen. Offensichtlich hatte sie vergessen, das Gartentor hinter sich zu schließen, denn ihr braunes Huhn Helga war ihr dicht auf den Fersen. Als Herkules das Huhn entdeckte, hörte er auf zu gackern und sprintete auf seine gefiederte Liebe zu, wobei er die „Aus!"- und „Hierher!"-Rufe des Doktors ignorierte. Zur Begrüßung fuhr er Helga vorsichtig mit der Zunge über Schnabel und Gesicht. Die Henne ließ ihn gewähren und revanchierte sich, indem sie ihren Kopf an eines seiner drei Beine schmiegte und leise gackerte.

„Na, Doktor, hast du eine neue Patientin?", fragte Emma die Kuh an.

„Keine Ahnung, die stand einfach so da."

„Hier gibt es doch schon ewig keine Kühe mehr, oder hat sich Gevert wieder welche gekauft?

"Elias schüttelte den Kopf. „Nicht, dass ich wüsste. Jedenfalls hat sie keine Ohrmarke."

„Dann ist sie wohl vom Himmel gefallen."

„So ein Quatsch. Du solltest besser deinen Gallus gallus domesticus zur Vernunft bringen."

„Moment mal, dein Herkules hat doch mit dieser Liebelei angefangen. Freu dich doch, dass Helga seine Zuneigung erwidert.“

„Das hat die Natur so nicht vorgesehen. Außerdem macht ihn die Glucke wuschig und er pariert nicht mehr. Schaff dir doch wieder einen Hahn an und lass das Gartentor nicht ständig offen, dann ist Ruhe im Karton!“

„Dreibeinige Hunde hat die Natur auch nicht vorgesehen. Es ist, wie es ist, Doc.“

Helga und Herkules hatten sich inzwischen ein schattiges Plätzchen gesucht und lagen eng umschlungen auf der Treppe vor dem Gemeindehaus. Plötzlich erwachte die Kuh zum Leben. Sie bewegte langsam den Kopf und blickte die Dorfstraße hinunter. Emma und Elias folgten ihrem Blick und sahen Anna und Jonas auf sich zukommen. Die beiden wohnten ein paar Häuser weiter die Straße runter.

„Grüßt euch! Gemeindeversammlung, oder was?“ rief Anna schon von weitem. „Die Urbanisierung schreitet voran.“

„Das sagen die Richtigen. Wer ist denn aus der Stadt hierher gezogen?“, erwiderte Elias trocken. Anna ignorierte seine Bemerkung. „Und was macht die Kuh hier? Ist das unser neues Dorfmaskottchen?“ Sie ging auf die Kuh zu und streichelte ihr über den Kopf. „Wie kommst du denn hierher, du Hübsche? Bist du ausgerissen? War der Stier blöd zu dir?“

„Hast du auch so dumm zu deinen Bienen geredet? Kein Wunder, dass sie alle weggeflogen sind.“

„Jetzt lass mal gut sein, Doc“, sprang Jonas seiner Anna zur Seite. „Du weißt ganz genau, dass unsere Bienen an der Varroamilbe gestorben sind.“ Emma mischte sich ein: „Ignorier den alten Griesgram einfach, dem ist eine Kuh über die Leber gelaufen. Wir sollten das Rind lieber von der Straße holen, bevor der Bus hier vorbeirauscht.“

In diesem Moment bimmelte eine Fahrradklingel durch das Dorf. Erst leise aus der Ferne, dann immer lauter. Mathilda flitzte auf ihrem grünen Hollandrad herbei und stieg kurz vor der kleinen Gruppe in die Eisen. Anna brachte sich mit einem Sprung zur Seite in Sicherheit.

Knapp einen Meter vor der Kuh stoppte das Mädchen, stieg vom Rad und ließ es auf den Boden fallen. Dann ging sie direkt auf das Tier zu und begann es zu streicheln.

„Wie cool ist das denn? Eine Kuh bei uns im Dorf!"

„Hallo Mathilda, ist die Schule schon aus?" Mathilda ignorierte Emmas Frage und wandte sich der Kuh zu: „Wo kommst du denn her?" Sie schaute ihr lange in die Augen. „Du siehst aus wie meine Tante Wilma, die hat auch so lange Wimpern wie du."

„Die Kuh ist Doc und Herkules direkt vom Himmel vor die Füße gefallen. Keine Ahnung, wo sie herkommt, sie hat weder Brandzeichen noch Ohrmarke", fasst Emma die Situation zusammen. „Auf jeden Fall muss Wilma von der Straße runter, der Bus kommt gleich."

Anna und Jonas versuchten, die Kuh durch Klatschen und Rufen in Bewegung zu bringen: „Hopp hopp, los! Komm, Wilma, komm, beweg dich!"

Als nichts passierte, stieß Mathilda die Kuh zusätzlich von der Seite an, aber Wilma blieb wie versteinert stehen. Anna wurde immer nervöser: „Du blöde Kuh, du kannst hier nicht stehen bleiben, sonst macht der Bus Gulasch aus dir!"

„Typisch Städter, habt ihr noch nie Vieh getrieben? Die Viecher sind störrisch, da muss man einen Knüppel nehmen und ihr ordentlich auf den Hintern hauen, dann bewegt sie sich", sagte Elias verächtlich.

Mathilda sah ihn entsetzt an. „Sie wollen Wilma doch nicht schlagen?"

Elias zuckte mit den Schultern. "Na, dann klatscht und singt weiter."

Emma hatte inzwischen ein Büschel Gras vom Straßenrand gepflückt und hielt es der Kuh vor das Maul. Wilma machte einen langen Hals und schnupperte interessiert an dem Grünzeug, dachte aber immer noch nicht daran, einen Huf vor den anderen zu setzen. Elias schüttelte verständnislos den Kopf und sah sich nach einem geeigneten Stock um. In diesem Moment stellte Herkules seine Ohren auf und begann zu knurren. Huhn Helga hob den Kopf und begann aufgeregt zu gackern, dann hörten auch die anwesenden menschlichen Zweibeiner den herannahenden Bus.

Kurz vor knapp

Auch Wilma schien das Herannahen des Busses zu hören, denn sie hob den Kopf und lauschte dem immer lauter werdenden Motorengeräusch. Dann setzte sie sich zum Erstaunen aller Anwesenden tatsächlich in Bewegung. Allerdings korrigierte sie nur ihre Position, so dass sie nun nicht mehr in der Mitte, sondern quer auf der Dorfstraße stand. Dabei sah es fast so aus, als würde sie den längst verblassten Busfahrplan studieren. Die drohende Gefahr einer Bus-Kuh-Kollision war noch nicht gebannt. In diesem Moment bog die Linie 7 um die Ecke. Mathilda sprang, ohne lange zu überlegen, schützend vor Wilma und fuchtelte warnend mit den Armen über dem Kopf. Die anderen taten es ihr gleich und alle riefen wie aus einem Mund: „Stooooop, halt!“
Mit quietschenden Bremsen kam der Bus keine zwei Meter vor dem menschlichen Schutzwall zum Stehen und würgte den Motor ab. Sekundenlang herrschte Stille, die erst durch das zischende Öffnen der Fahrertür unterbro-

chen wurde. Ein etwas korpulenter, blasser Mann um die fünfzig, bekleidet mit einem grün karierten Hemd und einer braunen Cordhose, stolperte hektisch auf die Straße. Er stand sichtlich unter Schock: „Seid ihr denn alle verrückt? Was steht ihr hier mitten auf der Straße, ihr hättet alle tot sein können! Schafft mir die Kuh von der Straße, ich habe einen Fahrplan einzuhalten."

„Moin Bernhard! Was glaubst du, was wir hier die ganze Zeit machen? Wenn hier jemand die Kuh bewegt, dann nur sie selbst", erwiderte Emma lachend. „Was? Ihr seid zu fünft und kriegt keine Kuh von der Straße? Soll das ein schlechter Ostfriesenwitz sein?

Hau ihr doch einfach mit einem Stock auf den Arsch, dann verzieht sie sich."

„Mein Witz!", sagte der Doc und blickte triumphierend in die Runde.

Anna wandte sich an Bernhard: „Ist doch schön, dass du mal wieder vorbeischaust. Wie lange ist es her, dass unsere Haltestelle aus dem Fahrplan gestrichen wurde? Zwei Jahre oder so?" Bernhard wurde merklich verlegen und schaute zerknirscht zu Boden. „Jo, zwei Jahre bestimmt schon. War nicht meine Entscheidung. Wenn's nach mir ginge, hätte ich weiter hier in Thorach gehalten. Aber ihr wisst ja, wie das ist. Mein Chef hat gesagt, euer gottverlassenes Dorf ist den Sprit fürs Abbremsen und Anfahren nicht wert."

„Was heißt denn hier euer Dorf?", empörte sich Emma. „Du bist doch auch hier geboren und aufgewachsen, Berni. Ich sehe dich heute noch durch die Hühnerställe toben. Seit dein Vadder nicht mehr lebt, hast du dich hier nicht einmal blicken lassen. Der würde sich im Grab umdrehen, wenn er noch mitbekommen hätte, wie hier alles den Bach runtergeht. Wir kommen gar nicht mehr nach Schwarme, geschweige denn nach Riede zum Einkaufen oder so".

„Stimmt. Und du fährst hier mit einem leeren Bus durch die Gegend", mischte sich der Doc ein. „Wo lohnt sich das denn bitte für deinen Chef? Wäre doch kein Problem, wenn du hier anhalten würdest, du fährst doch sowieso zweimal am Tag hier durch. Das merkt dein Chef doch gar nicht!"

In diesem Moment mischte sich Wilma mit

einem lauten Muhen in die Diskussion ein, das alle zusammenzucken ließ.

„Was ist denn mit der Kuh los?", wunderte sich Jonas. Bernhard zögerte. „Eigentlich habt ihr recht. Wisst ihr was, wir machen das. Ab morgen bin ich wieder hier. Versprochen."

Emma jubelte und umarmte Bernhard stürmisch, die anderen bildeten einen Halbkreis um ihn und klopften ihm anerkennend auf die Schulter.

„Kommt, Jungs, ist schon gut." Bernhard blickte auf seine Armbanduhr. „Ich muss jetzt wirklich los, ich bin schon ziemlich spät dran."

„Womit wir wieder bei dem Problem mit der Kuh wären", stellte Jonas fest. Alle Blicke richteten sich auf Wilma. Wie auf Kommando drehte sie der Gruppe ihr Hinterteil zu und trottete langsam zum Straßenrand. Der Weg war frei.

„Eine komische Kuh habt ihr da", sagte Bernhard, stieg lächelnd in den Bus und fuhr davon.

Wenn der Postmann einmal klingelt

„Mathilda! Mathildaaaaa!" Mathildas Mutter kam die Dorfstraße heruntergerannt und wedelte mit einem schnurlosen Telefon. Als sie sich der Gruppe näherte, wurde sie langsamer und rang nach Atem. „Mathilda, was machst du denn hier? Wir hatten doch gesagt, dass du nach der Schule direkt nach Hause kommst. Seit einer halben Stunde versuche ich, dich zu erreichen. Ich dachte, du liegst irgendwo angefahren im Straßengraben!"

Mathilda verdrehte die Augen. „Ach Mama! Du weißt doch, dass wir hier kaum Empfang haben. Außerdem bin ich zehn Jahre alt und kein Baby mehr."
„Papperlapapp. In Zukunft kommst du direkt nach Hause, Ende der Diskussion!"
„Aber Mama, jetzt sei doch nicht so. Weißt du was? Ab Montag muss ich nicht mehr mit dem Fahrrad nach Riede fahren. Der Bus hält wieder hier."
„Was redest du denn da für einen Blödsinn? Mein Gott, bist du gestürzt, Kind?" Gunda

begann hektisch Mathildas Kopf nach Verletzungen abzutasten.

„Ach Mama, du bist nur peinlich! Mir geht es gut. Frag doch die anderen, das mit dem Bus ist wirklich wahr."

„Mathilda hat recht", sagte Emma und erzählte Gunda die neuesten Ereignisse, als plötzlich eine Glocke durch das Dorf schrillte.

„Oh, schon drei Uhr, auf zum Bürgermeister!", rief der Doktor und pfiff nach Herkules. Der Hund erhob sich gähnend, schüttelte sich und trottete zu seinem Herrn. Henne Helga folgte ihm zu Fuß. Die ganze Schar machte sich auf den Weg zum Rathaus. Mathilda drehte sich noch einmal um und rief: „Komm, Wilma! Vielleicht hast du ja Post." Das ließ sich die Kuh nicht zweimal sagen. Wie jeden Freitag, seit die Post in Thorach aus Rationalisierungsgründen nur noch einmal im Monat zugestellt wird, hatte Bürgermeister Gevert Menken die Briefe und Päckchen für alle Dorfbewohner im Postzentrum der Gemeinde Freising abgeholt und alphabetisch sortiert auf seinem Küchentisch gestapelt. Im Gänsemarsch betraten die Dorfbewohner, begleitet vom Knarren der Dielen, Geverts Küche und bildeten einen Halbkreis. Der Bürgermeister stellte sich an die Längsseite des Tisches, legte die Glocke beiseite, stützte sich mit beiden Fäusten ab und wartete, bis Ruhe eingekehrt war. Dann begann er mit geschäftiger Miene, die Anwesenden in alphabetischer Reihenfolge aufzurufen: „Bruns, Anna". Anna trat vor, nahm ihren Stapel Post entgegen, blätterte ihn hektisch durch und reichte ihn dann sichtlich erleichtert an Jonas weiter.

„Hartmann, Emma." Emma machte einen Schritt auf den Bürgermeister zu, ließ sich die Zeitschrift „Der Gartenfreund" in die Hand drücken und zog dabei einen Brief aus der Tasche ihrer Kittelschürze. „Kannst du das bitte mitnehmen, Gevert, das muss bis spätestens Ende der Woche ..."

„Erst die Eingangspost, dann die Ausgangspost. Du weißt doch, wie das ist, Emma", unterbrach sie der Bürgermeister. Emma verdrehte die Augen und steckte den Brief wieder in ihre Kittelschürze.

„Doktor Klein, Elias." In diesem Moment ertönte ein leises, sich näherndes Rumpeln. Paul Menken, der Sohn des Bürgermeisters, hatte Feierabend und kam mit seinem blauen Traktor, den er liebevoll Schlumpfine nannte, von der Arbeit nach Hause. Kurz vor der Haustür bremste er ab und stellte den Motor aus. Pfeifend betrat er die Küche und verstummte abrupt beim Anblick der versammelten Gemeinde.

„Oh Mann, immer dieses Palaver am Freitag, das brauche ich am Wochenende wirklich nicht." Er nuschelte, so dass Palaver wie Palaber klang. Sein Vater meinte, der Junge sei einfach zu faul zum Reden. Im Vorbeigehen wollte Paul seine Post holen, doch der Bürgermeister schlug ihm blitzschnell auf die Finger. „Warte, bis du dran bist, Junge!"

Paul polterte los: „Du machst hier jedes Mal einen Aufstand wegen der verdammten Post, Vadder! Du bist nicht mehr Bürgermeister, schon lange nicht mehr, du alter Sesselpupser! Und überhaupt, was macht die Kuh vor unserer Tür?" Er schnappte sich seine Post, bevor sein Vater sich wieder einmischen konnte, und verließ die Küche. Beim Hinausgehen rief er Anna und Jonas noch zu: „Ich bin morgen wie besprochen um 10 Uhr da, die Motorsäge bringe ich mit."

Der Bürgermeister blickte seinem Sohn schulterzuckend nach und wandte sich dann wieder an die Anwesenden: „Weiter im Text. Krömer, Gunda." Gunda schob ihre Tochter Mathilda an den Schultern nach vorn, und Gevert drückte ihr lächelnd ein Päckchen in die Hand.

„So, jetzt die Ausgangspost. Emma, du hast was bekommen. Braucht sonst noch jemand Briefmarken?"

Emma legte ihren Brief auf den Tisch, setzte sich und auch die anderen setzten sich um den Küchentisch, Helga und Herkules darunter.

„Kommst du morgen auch wegen des Behördenbriefs?", fragte Anna den Bürgermeister, als dieser eine Flasche Korn und sieben Schnapsgläser aus der Anrichte holte.

„Jo, bleib dran. Mal sehen, was sich machen lässt." Dann schenkte er Glas für Glas randvoll ein. Kurz bevor er bei Mathildas Glas angelangt war, schob sie die flache Hand darüber und sah ihn stirnrunzelnd an.

„Ach ja, du trinkst nur das harte Zeug. Ich hole dir einen Apfelsaft." Plötzlich lachte der Doc laut auf und hielt einen braunen DIN A4 Umschlag hoch. „Bürgermeister, hier hast du dich in der Sortierung geirrt. Das hier ist an dich adressiert. Ist von deiner Tante mütterlicherseits, B Punkt Uhse."

Unter allgemeiner Erheiterung schob er den Umschlag schwungvoll über den Tisch, so dass er direkt vor dem Bürgermeister landete.

Emma räusperte sich: „Gevert, ich glaube, du solltest noch ein Glas holen, wir haben noch einen Gast."

Sie deutete mit einer Kopfbewegung zum Küchenfenster. Die Kuh Wilma hatte ihren Kopf aus dem Fenster gesteckt und blickte, eingerahmt wie ein Gemälde, wiederkäuend in die Runde.

Baum fällt

„Möchtest du einen Kaffee?", fragte Anna. Gevert nickte und nahm die dampfende Tasse. Die beiden standen in der blau gekachelten Küche von Anna und Jonas und schauten aus dem Fenster in den Garten, wo Paul und Jonas begonnen hatten, die Krone der morschen Eiche zu bearbeiten. Jonas hielt die Leiter, während Paul mit der Motorsäge die dicksten Äste abschnitt. „Ob die beiden wissen, was sie tun?", fragte der Bürgermeister stirnrunzelnd. Anna lachte: „Hoffentlich. Der Plan ist, erst die Krone zu kürzen und dann den Baum mit dem Traktor samt Wurzeln aus dem Boden zu ziehen."
Gevert ging zum Küchentisch und nahm den Brief vom Amt in die Hand. Während er es zum gefühlten zehnten Mal las, murmelte er: „Ich verstehe einfach nicht, warum die wegen ein paar Quadratmetern zu viel so ein Theater machen." Er wandte sich an Anna: „Warum sucht ihr euch nicht einfach ein kleineres Haus hier im Dorf? Da stehen doch jede Menge leer."

Sie schaute ihn fassungslos an: „Mensch Bürgermeister, jetzt sind wir gerade mit der Renovierung fertig und endlich mit dem Garten, und jetzt sollen wir plötzlich umziehen, nur weil die irgendein Gesetz geändert haben?! Aber wir müssen etwas tun, sonst streichen sie uns die Unterstützung. Warum kannst du nicht einfach unseren Mietvertrag ändern?“

Gevert entgegnete empört: „Ich habe doch schon gesagt, dass ich das nicht kann. Das wäre Betrug. Stell dir vor, es käme jemand dahinter. Ich bin schließlich Bürgermeister. Ein Staatsdiener.“

Annas Antwort wurde zu Geverts Glück vom plötzlich einsetzenden Motorengeräusch des Traktors übertönt. Nur einzelne Wortfetzen drangen an sein Ohr: „Du sturer ... Schimmel ... wie kannst du nur ... Korinthen .... Zacken aus der ...“

Draußen vor dem Fenster saß nun Paul auf seinem Trecker Schlumpfine. Zwischen der Eiche und dem Trecker hing eine Kette, die sich immer weiter spannte, je mehr Paul Gas gab. Langsam begann sich der Baum zu neigen und die ersten Wurzeln brachen krachend aus dem Boden. Jonas beobachtete das Geschehen aus sicherer Entfernung. Paul trat das Gaspedal weiter durch und der Traktor setzte sich in Bewegung. Plötzlich sprang ihm wie aus dem Nichts ein schwarz-weißes Etwas vor den Traktor. Reflexartig riss Paul das Lenkrad nach rechts und im nächsten Moment wieder nach links, um eine Kollision mit dem Wintergarten zu vermeiden. Doch der Baum scherte sich nicht um den letzten Richtungswechsel. Mit einem gewaltigen Schwung krachte er in den Glasanbau und begrub ihn donnernd unter Scherben und Glas. Fluchend würgte Paul den Traktor ab und sprang aus dem Führerhaus. Jonas stürzte herbei: „Alter, geht's dir gut? Was war das denn?!"

„Ja, ja, alles in Ordnung. Das war knapp, eine ganz knappe Kiste." Fassungslos blickten die beiden auf den Scherbenhaufen. Jetzt war der Blick in die Küche frei, aus der Anna und Gevert sichtlich geschockt in den Garten starrten. „Bist du verletzt?", rief Gevert. Paul reagierte gewohnt souverän: „Ach Quatsch, so parke ich immer ein".

„Muuuuuuuuuuhhhhhhh!" Das schwarz-weiße

Etwas alias Kuh Wilma trottete heran, schaute zufrieden in die Runde und klimperte mit ihren langen Wimpern.

"Sag mal, seit wann gibt es hier im Dorf eigentlich wieder Kühe?", fragte Paul Jonas. „Ist das die von gestern?"

Anna und Gevert waren inzwischen in den Garten gegangen, um sich das Ausmaß der Katastrophe genauer anzusehen. Anna seufzte und begann, die Scherben zusammenzukehren: „Das darf doch nicht wahr sein. Wie viel Pech kann man schon haben? Hauptsache, niemand ist verletzt.

„Du meinst, außer dem Wintergarten?", brummte Jonas.

Anna hielt inne. Nachdenklich betrachtete sie den riesigen Schutthaufen vor sich und wandte sich dann an den Bürgermeister: „Sag mal, Gevert, wie viele Quadratmeter hatte der Anbau noch mal?"

„Zweimal fünf Meter, schätze ich, also vielleicht zehn. Warum?"

Anna lachte: „Na, dann kannst du ja endlich unseren Mietvertrag ändern."

Sie fiel Jonas um den Hals. „Wir können hier

wohnen bleiben, verstehst du?“

Jetzt war auch der Bürgermeister sauer. „Das habt ihr mit Absicht gemacht, ihr steckt mit der Kuh unter einer Decke“, brummte er. „Na gut, morgen bekommt ihr einen neuen Pachtvertrag. Aber den Müll hier räumt ihr selbst weg.“

„Und ich helfe euch dabei“, sagte Paul. „Kein Problem.“

Der Bürgermeister ging auf die Kuh zu, schaute ihr tief in die braunen Augen und sagte: „So geht das mit dir jedenfalls nicht weiter, du bist außer Rand und Band. Morgen zeige ich dich beim Bauernverband an.“ Wilma blähte die Nüstern, machte auf dem Absatz kehrt und ging gleichgültig davon.

Monolog am Gartenzaun

„Was macht die alte Frau auf allen Vieren im Garten und erntet Radieschen?
Heute Nacht kann ich wieder nicht schlafen, weil ihre Knie und ihr Rücken schmerzen.
Weißt du, das ist das einzige Stück Garten, das ich noch bewirtschaften kann. Siehst du das große Feld da hinten, links von der Kirche? Da haben mein Mann Kurt und ich Jahr für Jahr Kartoffeln und allerlei Gemüse angebaut. Einen Teil davon habe ich in meinem Laden verkauft, der Rest war für Kurt und mich.
Früher war unser Dorf voller Leben. In jedem Haus wohnten Menschen, manche mit Kindern. Einige lebten hier von der Landwirtschaft, andere gingen in den umliegenden Dörfern oder Städten ihrer Arbeit nach.
Mein Mann betrieb damals den Dorfkrug und ich meinen kleinen Krämerladen.
Und was haben wir hier für schöne Feste gefeiert! Hochzeiten, Geburtstage, Taufen, Konfirmationen. Natürlich gab es auch traurige Anlässe wie Beerdigungen, aber wir haben zusammen getrauert und zusammen gefeiert. Es

war ein schöner Zusammenhalt.

Das schönste Fest, das unser Dorf je erlebt hat, war die Hochzeit von Kerstin und Uwe. Beide wohnten in unserem Dorf und waren schon lange zusammen. Endlich wollten sie den Bund der Ehe eingehen und natürlich war das ganze Dorf eingeladen. Es war ein riesiges Fest, bei dem viel getanzt und gelacht wurde und wir auch so manche Tradition wieder aufleben ließen. Die schönste Tradition bei Hochzeiten war für mich immer die Brautentführung. Gegen Mitternacht haben auch bei dieser Hochzeit drei Männer aus dem Dorf die Braut entführt und in ein Versteck gebracht. Dem Bräutigam wurde mitgeteilt, dass seine Braut entführt worden sei und er musste sie suchen und mit viel Alkohol wieder auslösen, so der Brauch. Unser Uwe schien diese Tradition jedoch vergessen zu haben, denn als man ihm sagte, dass seine Braut entführt worden sei, war er schon sehr betrunken. Aber Uwe machte sich tapfer auf die Suche nach Kerstin, begleitet von den anderen Gästen. Alle merkten schnell, wie schwer es Uwe fiel, sich auf den Beinen zu halten, und so halfen sie

ihm auf seinem Weg mit Rufen wie: kalt...
kalt...lauwarm.......warm......

So wurde Uwe auf den richtigen Weg gebracht und hatte das Versteck schon fast erreicht, als er auf Höhe der Jauchegrube stolperte und über einen am Boden liegenden Gegenstand direkt in der Jauchegrube landete. Mit viel Fingerspitzengefühl wurde Uwe aus seiner misslichen Lage befreit und nach Hause gebracht. Noch vor der Haustür zog Uwe seinen schmutzigen, stinkenden Anzug aus und duschte. Sauber und fast wieder nüchtern verließ er das Bad und als er die Tür öffnete, stand Kerstin vor ihm. Sie umarmte ihn und beide lachten laut. Uwes Problem war, dass er nur diesen einen Anzug besaß und so entschied er sich nach kurzer Überlegung, in etwas Bequemeres zu schlüpfen und zog seinen heißgeliebten Trainingsanzug an. Kerstin war von der Idee begeistert und zog ebenfalls ihren Sportanzug an. Zurück auf der Hochzeitsfeier wurden beide mit tosendem Applaus empfangen. Als einer der Gäste auf die Idee kam, dass doch alle in Sportkleidung herumlaufen könnten, verschwand das ganze

Dorf für kurze Zeit und alle tauchten kurze Zeit später in Sportkleidung wieder auf. So verbrachten alle den Rest dieser Hochzeitsfeier in Sportkleidung. Das Gruppenfoto von dieser Feier hängt heute noch in meiner Küche. Aber diese schöne Zeit ist längst vorbei und unser Dorf hat sich verändert. Es begann damit, dass die jungen Leute hier immer weniger Perspektiven hatten und nach und nach das Dort verließen. Auch einige Bauern haben ihre Höfe aufgegeben. Mal war der Ertrag zu gering, mal waren sie selbst zu alt. Ihre Kinder, die längst in den Großstädten lebten und arbeiteten, hatten kein Interesse, die Höfe zu übernehmen. So leerte sich unser Dorf von Jahr zu Jahr, und als dann auch noch mein Kurt nach langer Krankheit von mir ging, dachte ich auch daran, das Dorf zu verlassen. Kurt und ich hatten keine Kinder und die einzige Adresse, zu der ich ziehen konnte, war die meiner Schwester. Ich entschied mich zu bleiben, führte meinen kleinen Laden weiter und abends auch den Dorfkrug. Aber die wenigen Menschen, die hier noch lebten, zogen sich immer mehr zurück und so stand eines

Tages auch der Dorfkrug leer. Meinen kleinen Laden führte ich zwar weiter, aber meine Produkte waren den Leuten hier zu teuer, und so fuhren sie lieber 30 Kilometer zum nächsten Supermarkt, als bei mir einzukaufen. So blieb mir nur mein Haus und dieses kleine Stück Garten. Trotzdem ist der Zusammenhalt hier immer noch groß, auch wenn wir von Fremden belächelt und als Doofbewohner bezeichnet werden, ich habe dann immer zurück gelächelt".

In diesem Moment bog der Linienbus um die Ecke und bremste abrupt an der Haltestelle. Emma hob den Kopf und hörte, wie sich die Bustür mit einem lauten Zischen öffnete. Jetzt wurde Emma neugierig und richtete sich langsam auf. Sie wischte sich die erdverschmierten Hände an ihrem Kittel ab und wartete darauf, dass der Bus weiterfuhr. Die Bustür zischte wieder und der Bus fuhr davon. Emma blickte neugierig auf den Platz an der Haltestelle und konnte zwei Personen erkennen. Sie griff mit der linken Hand in ihre Kitteltasche, holte ihre Brille hervor, setzte sie auf und erkannte nun einen Mann und eine

Frau mittleren Alters, die sich etwas fragend umschauten. Emma öffnete das Gartentor und schaute Wilma, der Kuh, die die ganze Zeit über den Zaun gebeugt zugehört hatte, tief in die Augen. „Wir haben Besuch, Wilma!“

Besuch

Emma richtete noch einmal ihre Kittelschürze und überquerte die Dorfstraße in Richtung Bushaltestelle. Das Ehepaar stand immer noch orientierungslos an der Haltestelle.

„Willkommen in unserem Dorf", begrüßte Emma die beiden. Kann ich Ihnen irgendwie helfen?

Das Paar sah Emma an, und ihre Blicke fielen auf das Sonnenblumenmuster auf ihrer Bluse.

„Das ist nett", antwortete der Mann. „Wir sind wegen der Anzeige im Farmer hier."

Emma sah die beiden erstaunt an: „Was für eine Anzeige?"

Die Frau streckte Emma überraschend die Hand entgegen. „Entschuldigen Sie bitte, wir sind die Ahlers aus Riede. Uns ist vor ein paar Tagen eine unserer Kühe weggelaufen und jetzt haben wir im Bauer eine Anzeige gelesen, dass ihnen hier im Dorf eine Kuh weggelaufen ist. Die Anzeige hat der Bürgermeister Menken aufgegeben".

Emma war erstaunt, dass Gevert eine Anzeige aufgegeben hatte, ohne sie zu informieren.

„Ich bin Emma Hartman, und Sie wollen Wilma zurück? Die wird sich freuen."

„Unsere Kuh heißt Hertha", antwortete der Mann.

„Na, vielleicht ist unsere Wilma ja ihre Hertha", lachte Emma.

„Könnten Sie uns die Kuh zeigen, die Ihnen zugelaufen ist?" fuhr der Mann fort.

Emma warf einen Blick auf die andere Seite der Dorfstraße, aber der Platz, auf dem Wilma ihr eben noch Gesellschaft geleistet hatte, war jetzt leer.

„Sie ist schon wieder verschwunden", antwortete Emma. „Die Wilma taucht genauso überraschend auf, wie sie verschwindet. Wir gehen sie suchen!"

Emma ging voraus, immer die Dorfstraße entlang.

„Es ist so still im Dorf, wie kommt das?" fragte Frau Ahlers.

„Wissen Sie", sagte Emma, „in unserem Dorf leben nur noch wenige Menschen. Die meisten Häuser und Höfe sind verlassen."

Emma bog in eine kleine Seitengasse ein.

„Wir versuchen es mal bei Anna und Jonas, da

ist sie immer gerne, die beiden verwöhnen sie gerne.“

„Die meisten Häuser hier stehen also leer?“, fragte der Mann. „Und trotzdem gibt es hier einen Bürgermeister?“

„Ach, der Gevert! Der Gevert war früher unser Bürgermeister und wir nennen ihn heute noch Bürgermeister, aus alter Gewohnheit und weil der Gevert das auch gerne hört. Der macht auch immer noch viel für uns. Ja, wie gesagt, die meisten Häuser hier stehen leer. Es gibt keine Interessenten. Unser Dorf hat einfach seinen Charme verloren.“

Das Ehepaar Ahlers sah sich an. „Wissen Sie, warum ich frage?“, fragte der Mann. Meine Frau und ich vermieten hier in der Gegend Ferienhäuser und Wohnungen und ich sehe hier eine Chance, ihr Dorf wieder zu beleben. Wer kümmert sich um die leerstehenden Häuser und Höfe?“

Emma hob plötzlich ihren rechten Arm und deutete nach vorne. „Da steht sie!“ rief Emma! Familie Ahlers folgte ihrem Fingerzeig.

„Oh je“, rief die Frau, „das ist ja eine schwarze Kuh! Unsere Hertha ist eine braune Kuh“.

„Tut mir leid", antwortete Emma. „Gevert hätte besser ein Foto in die Anzeige gemacht. Jetzt sind sie den ganzen Weg umsonst gefahren".

Die Ahlers zucken mit den Schultern und Frau Ahlers fügte hinzu: „Ja, wirklich schade. Da unser Sohn erst in zwei Stunden mit dem Tiertransporter kommt, haben wir noch etwas Zeit. Gibt es hier die Möglichkeit, einen Kaffee zu trinken, vielleicht mit einem Stück Kuchen?"

„Leider gibt es in unserem Dorf weder ein Café noch ein Restaurant. Aber ich würde sie gerne zu mir in die Küche einladen. Ich bin sicher, dass ich Kuchen auftreiben kann. Wir könnten dann die Geverts fragen, denn die Idee mit den Ferienhäusern klingt verlockend."

Wieder sahen sich die Ahlers an. „Sehr gerne", antwortete die Frau, „wenn es keine Umstände macht!"

Emma nickte und machte sich auf den Weg zu ihrem Haus. Sie bogen gerade um die Ecke auf die Dorfstraße, als Gevert ihnen mit seinem Fahrrad entgegenkam.

Als er abgestiegen war, stellte Emma ihm die Besucher vor und erklärte, dass Wilma doch nicht die richtige Kuh sei. Gevert entschuldigte sich bei den Ahlers und nahm die Einladung auf einen Kaffee bei Emma gerne an. Emma hatte ihm noch nichts von den Ferienhäusern erzählt, sie wollte ihn damit überraschen. So landeten die vier in Emmas gemütlicher Küche. Emma kochte Kaffee und backte Kuchen. Gevert und Herr Ahlers hatten sich schon gesetzt und Frau Ahlers schaute sich noch in der Küche um.

„Ist das auf dem Foto der ehemalige Sportverein von Thorach?", deutete sie fragend auf ein Foto an der Wand.

Emma lachte laut auf. „Nein, das ist ein Hochzeitsfoto!"

Es gab noch viel zu besprechen an diesem Nachmittag. Als Gevert von dem Vorschlag mit den Ferienhäusern hörte, leuchteten ihre Augen auf. Gevert solle eine Liste der Hausbesitzer erstellen, und dann würde man in ein paar Wochen einen Besichtigungstermin vereinbaren. Natürlich müsse sich im Dorf noch einiges ändern. Ein Lebensmittelgeschäft und

eine Gaststätte würden dringend gebraucht.
Als die Ahlers von ihrem Sohn abgeholt wurden, winkten Emma und Gevert überglück-
lich hinterher. Gevert umarmte Emma und
drückte sie fest. „Das hast du gut gemacht,
Emma!"
Emma lächelte und antwortete: "Warum
ich?"

Liebe auf fünf Beinen

Um die Liebe zwischen dem Dobermann Herkules und der Henne Helga zu beschreiben, bedarf es der Poesie großer Romanautoren. Herkules kam als Welpe zu seinem heutigen Besitzer, dem Tierarzt Dr. Elias Klein. Dr. Klein war ein großer Hundeliebhaber und hatte sich gerade von seinem Schäferhund Zeus trennen müssen. Zeus starb in seinen Armen mit dem Versprechen des Doktors, nie wieder einen anderen Hund in sein Leben zu lassen. Das Versprechen hatte gerade 5 Wochen gehalten, als der Arzt bei einem Krankenbesuch im Tierheim in die Augen von Herkules blickte. Es war im wahrsten Sinne des Wortes Liebe auf den ersten Blick!
Elias nahm den Welpen sofort mit nach Hause. Das große Problem war nur, einen Namen für den Hund zu finden. Hasso, Rex und all diese Standardnamen sollte dieser Hund nicht bekommen, denn schließlich hatte sein letzter Hund auch einen ganz besonderen Namen.
Drei Tage überlegte Elias, und nachdem er fast das halbe Dorf auf der Suche nach einem

Namen für seinen Hund verrückt gemacht
hatte, war es schließlich Lehrerin Gunda Krömer, die ihm den Namen Herkules vorschlug.
„Das ist ein Dobermann und doch ein großer, kräftiger Hund", meinte Gunda, und das
brauche auch einen entsprechenden Namen.
Der Doktor war begeistert und so taufte er
seinen Hund Herkules. Die Freundschaft
zwischen den beiden war groß und jeden Tag
sah man sie in der Umgebung von Thorach
spazieren gehen. Doch eines Tages, als Elias
und Herkules wie immer ihre Runde drehten, geschah das tragische Unglück. Herkules
lief wie immer einige Meter voraus und hatte gelernt, an jedem Weg oder jeder Straße zu
warten, um sie dann gemeinsam mit seinem
Herrchen zu überqueren. Doch an diesem
Tag hatte Herkules die Verfolgung eines Ka-
ninchens aufgenommen und beim Überqueren der Landstraße eben nicht auf die verein-
barte Regelung geachtet. Ein Motorradfahrer
erfasste Herkules mit voller Geschwindigkeit,
und als der Arzt das Jaulen seines Hundes
hörte, wusste er, dass etwas Schreckliches passiert war.

Als der Arzt am Unfallort eintraf, lag Herkules wie tot auf der Straße, neben ihm das Motorrad. Der Motorradfahrer richtete sich nach dem Sturz gerade wieder auf, sah den Arzt an und stammelte immer wieder: „Ich habe ihn nicht kommen sehen".

Als der Motorradfahrer wieder auf den Beinen war und keine Verletzungen zu haben schien, eilte Elias zu seinem Hund. Herkules atmete, schien aber ohnmächtig zu sein. Er untersuchte das Tier und sah, dass das linke Hinterbein ziemlich übel aussah. Er vermutete auch eine Prellung des Brustkorbes, da Herkules schwer atmete. Sein erster Gedanke an Hilfe war Paul Menken, der Sohn seines Freundes, des Bürgermeisters. Es dauerte nur wenige Minuten, bis er Paul erreichte, und nur wenige Minuten, bis Paul am Unfallort eintraf. Herkules war inzwischen aus seiner Ohnmacht erwacht, lag aber immer noch regungslos auf der Straße. Der Motorradfahrer hatte inzwischen die Unfallstelle so gut wie möglich abgesperrt und auch die Polizei informiert. Elias und der Motorradfahrer knieten beide über dem Hund, als Bernd fast zeitgleich mit der Polizei eintraf. Er bestand darauf, mit dem Hund sofort in die nächste Klinik zu fahren und gab der Polizei nur kurz seine Personalien durch. Die Beamten hatten Verständnis für die Situation und so luden Bernd und der Tierarzt den Hund ins Auto und fuhren davon. Noch in der Nacht musste der Tierarzt in der Tierklinik das Bein von Herkules amputieren. Herkules erholte sich körperlich gut, aber er war nicht mehr der Herkules, der er einmal war. Den ganzen Tag lag er in seiner Ecke, fraß kaum etwas und reagierte weder auf Streicheleinheiten noch auf Versuche, ihn von seinem Platz zu locken. Der Winter verging und der Frühling kam. Herkules' Zustand änderte sich nicht. Eines Tages, es war der erste schöne, warme Sonnentag, schleppte sich Herkules zum Erstaunen des Doktors von seinem gewohnten Platz zu einem sonnigen Plätzchen im Garten. Die Hoffnung des Doktors stieg, dass sein Hund durch das warme Wetter vielleicht doch wieder in Bewegung kommen würde. Herkules wechselte nun fast täglich seinen Liegeplatz, nur bei schlechtem Wetter blieb er im Haus.

Als Elias eines Tages von der Geburt eines Kalbes im Nachbardorf zurückkam und wie immer Herkules seinen ersten Blick zuwarf, bemerkte er ein Huhn, das direkt vor Herkules' Schnauze saß. Es schien, als würde das Huhn mit Herkules sprechen, der es mit großen Augen anstarrte. Das Huhn verschwand so unauffällig, wie es gekommen war, saß aber am nächsten und übernächsten Tag und an den folgenden Tagen immer wieder an derselben Stelle vor Herkules. Inzwischen hatte der Doktor herausgefunden, dass das Huhn, das Helga hieß, Emma gehörte. Elias beobachtete die beiden jede freie Minute und war gespannt, was aus dieser Beziehung werden würde. Als der Doktor eines Tages von einem Krankenbesuch zurückkam, war Herkules weder auf seinem Sonnenplatz noch im Haus zu finden. Elias machte sich auf die Suche und entdeckte Helga und Herkules auf der Dorfstraße, heimlich beobachtet von den Dorfbewohnern. Herkules kam im wahrsten Sinne des Wortes wieder auf die Beine, drehte mit seinem Herrchen wieder seine Runden und verbrachte den Rest des Tages mit seiner

Freundin Helga.

Offline

So wütend hatte Bürgermeister Gevert seine ehemalige Lehrerin Gunda noch nie erlebt, und er konnte sich in diesem Moment auch nicht daran erinnern, sie jemals wütend erlebt zu haben. Gunda stand mit leicht errötetem Gesicht im Rahmen der Küchentür und redete mit erregter Stimme auf den Bürgermeister ein.

„Hast du gezählt, wie oft ich dich in den letzten Monaten auf die schlechte Internetverbindung hier im Dorf angesprochen habe und wie oft ich dich gebeten habe, einen Techniker zu bestellen, der das Problem behebt? Du hast es jedes Mal ignoriert und nichts unternommen. Du weißt, dass ich von zu Hause aus arbeite und deshalb auf das Internet und eine gute Verbindung angewiesen bin. Ich weiß auch, dass ich nicht die Einzige bin, die dich immer wieder darauf hingewiesen hat. Das kann dir doch nicht egal sein, Bürgermeister. Und wenn ihr in Zukunft hier im Dorf Ferienwohnungen und -häuser anbieten wollt, dann wird man dir hier mit diesem schlechten

Service die Bude einrennen. Ich fahre jetzt für ein paar Tage nach Riede zu einer Freundin zum Arbeiten und warte dort auf deinen Anruf, wenn dieser Fehler hier behoben ist."
Gunda drehte sich mitten in ihrem letzten Satz um und verließ das Haus des Bürgermeisters. Der hatte noch versucht, sich zu erklären, sie zu beruhigen, aber da war Gunda schon weg. Sein Blick war immer noch auf die Stelle gerichtet, an der Gunda eben noch gestanden hatte. Niemand weiß, wie lange Gevert in dieser Position verharrte, aber als er anfing, sich aus dieser Position zu befreien, war seine erste Handlung tatsächlich der Griff zum Telefonbuch. Zwei Tage später stand vor der ehemaligen Dorfkneipe ein weißer Wagen mit der Aufschrift „Telekom". Es war Emma, die Gevert informierte, der sich sofort auf den Weg zum Dorfkrug machte. „Das ist schön, dass sie es so schnell einrichten konnten" begrüßte er den Techniker. Dieser nickte nur kurz und holte seine Werkzeugtasche aus dem Wagen.
„Ich kann ihnen gerne zeigen, wo der Verteilerkasten steht", fuhr Gevert fort.
Der Techniker blickte den Bürgermeister an.

"Das wäre von Vorteil, wenn sie mir den Kabelverzweiger zeigen würden. Es würde mir das Suchen ersparen."

Gevert und der Techniker machten sich auf den Weg zum Verteilerkasten, beziehungsweise, wie Gevert jetzt gelernt hatte, zum Kabelverzweiger. Emma war noch schnell ins Haus gegangen, um sich eine Strickjacke zu holen, denn es war noch ziemlich frisch an diesem Morgen. Dann machte auch sie sich auf den Weg, den beiden zu folgen. Als der Bürgermeister und der Techniker am Kabelverzweiger ankamen, staunten sie nicht schlecht. Der Kasten war nicht nur total verbeult, sondern stand auch schief in seinem Fundament. Die beiden Männer drehten zwei Runden um diesen Kasten, und erst danach kommentierte der Techniker es mit den Worten: "Das sieht gar nicht gut aus!"

Als Emma eintraf, brachte sie es mit den Worten „Oh Gott" kürzer, aber dafür präziser auf den Punkt.

Der Techniker griff jetzt in seine Werkzeugtasche und öffnete den Kasten mit einem Schraubenzieher. Danach folgte ein zweiter

Griff in die Tasche, und seine Hand holte eine Taschenlampe hervor. Er leuchtete jetzt in den Kabelverzweiger und schüttelte dabei ununterbrochen seinen Kopf.

„Die Technik in dieser Kiste ist ja total veraltet. Kein Wunder, dass ihr Internet so langsam und fehlerhaft ist. Ich würde vorschlagen, das Ding mal komplett zu erneuern, und würde für morgen oder übermorgen zwei Kollegen beauftragen, sich um einen neuen Kabelverzweiger und eine bessere Technik zu kümmern. Mehr kann ich heute leider nicht für sie tun. Auch sollte hier unbedingt ein Schutzgitter aufgestellt werden, denn hier scheint ja sichtlich nicht nur ein Auto dagegen gefahren zu sein.“

Als der Techniker von Gevert den Auftragszettel unterschrieben hatte, warf Emma selbst einen Blick in die Kiste.

„Was ist das denn da unten in der Ecke?“, fragte sie erstaunt.

Der Techniker schob Emma sanft zur Seite und seine Taschenlampe folgte Emmas Zeigefinger. „Das da?“

Mit Daumen und Zeigefinger holte er nun

diesen Gegenstand hervor und hielt ihn ans Tageslicht. „Das sieht wie ein Ring aus", stellte er fest.

„Hier ist sogar eine Gravur eingearbeitet." Susanne und Konrad 15. Mai 2004 konnte man deutlich erkennen.

„Sieht aus, als hätte hier ein ehemaliger Mitarbeiter seinen Ehering verloren", fügte Gevert hinzu.

„Konrad....Konrad", überlegte der Techniker laut. „Wir hatten mal einen Mitarbeiter namens Konrad .....Konrad Seeger. Ich werde den Ring mal an unsere Personalabteilung weiterleiten, die Personaldaten müssten noch vorhanden sein. Ich glaube, die Freude wird riesengroß sein, wenn er seinen Ring zurückbekommt!"

„Wenn ihn seine Frau nicht schon vorher umgebracht hat", lachte Gevert laut.

Emma und Gevert begleiteten den Techniker zu seinem Auto und verabschiedeten sich von ihm. Sie sahen sich an und fragten gleichzeitig: "Hast du auch die Hufabdrücke um die Kiste herum gesehen?"

Konrad

Wie jeden Morgen, an dem Konrad zur Arbeit musste, wachte er zwei bis drei Minuten vor dem Weckerklingeln auf. Obwohl das regelmäßig passierte, hatte er sich noch nie getraut, es einmal ohne Wecker zu versuchen. Konrad drehte sich langsam zur Seite, beugte sich über das Gesicht seiner Frau und gab ihr einen sanften Kuss auf die Stirn. Susanne öffnete ihr linkes Auge einen Spalt breit und lächelte ihn an. Dann drehte sie sich zur anderen Seite. Konrads Frau konnte noch ein wenig weiterschlafen und musste erst zwei Stunden später zur Arbeit. Konrad ging in die Küche, füllte die Kaffeemaschine für sechs Tassen Kaffee und schmierte sich zwei Scheiben Brot. Konrad frühstückte auf dem Weg zu seinen Kunden. Er arbeitete für die Telekom und hatte nur Kunden, die auf dem Land wohnten. Er liebte es, über Land zu fahren, mit fünfzig Stundenkilometern über die Landstraßen zu tuckern, manchmal auch langsamer, wenn ein Traktor vor ihm fuhr. Heute sollte es ein langer Tag werden, zwei neue Kunden in Schwarme, eine Panne in Musum und ein Verteilercheck in Thorach. Jeden Abend besprachen Susanne und er den nächsten Tag, und gestern hatte er ihr gesagt, dass er nicht vor 18 Uhr zurück sein würde. Für beide war diese Information am Vorabend des nächsten Tages ausreichend. Es gab keine Anrufe oder Nachrichten auf dem Handy, es sei denn, der Tagesablauf hatte sich geändert oder es war etwas passiert. Nach den Vorbereitungen in der Küche ging Konrad ins Bad, um sich für den Tag frisch zu machen. Als Konrad gegen 18 Uhr zurückkam, hatte Susanne schon das Abendessen vorbereitet. Die beiden umarmten sich noch lange, dann ging Konrad ins Bad. Kurz zuvor hatte er noch einen Blick in die Küche geworfen und schon auf dem Weg dorthin den Duft von Kohlrouladen gerochen. Susanne bereitete gerade alles vor, als aus dem Badezimmer ein lautes "Oh nein! Sofort rennt sie ins Bad. Konrad stand vor dem Waschbecken, blickte auf seine Hände, dann auf den Boden, kramte in seinen Hosentaschen und schüttelte immer wieder den Kopf.

Susanne sah ihn an. „Was ist passiert, Konrad?“

Konrad sah sie mit bleichem Gesicht an. „Mein Ring ist weg!“

Beide durchsuchten an diesem Abend mehrmals die Wohnung, das Auto und Konrads Jacken- und Hosentaschen. Sogar seine Arbeitstasche wurde mehrmals ausgeschüttet und durchsucht. Auf Susannes Frage, wann er den Ring das letzte Mal an seinem Finger bemerkt habe, wusste Konrad keine Antwort. Das Abendessen fiel dementsprechend wortlos aus. Da es wenig Sinn machte, sich jetzt ins Auto zu setzen und die Tagesstrecke noch einmal abzufahren, beschloss Konrad, sich den morgigen Tag frei zu nehmen, um dann auf die Suche zu gehen. Doch am nächsten Tag kam alles anders. Susanne erhielt einen Anruf aus dem örtlichen Krankenhaus, dass ihre Mutter einen schweren Unfall hatte und nun auf der Intensivstation liegt. Susanne und Konrad machten sich auf den Weg. Drei Tage später starb Susannes Mutter an den Folgen des Unfalls. Was dann folgte, war neben der großen Trauer der ganz normale Ablauf einer

Beerdigung. Wenig später folgte die Auf-
lösung der Wohnung von Susannes Mutter
und viele andere Dinge, die erledigt werden
mussten. An den verlorenen Ehering wurde
jedoch nicht mehr gedacht. Drei Jahre später
erlitt Konrad einen schweren Schlaganfall, an
dessen Folgen er wenige Monate später starb.
Susanne lebte weiterhin in der gemeinsamen
Wohnung und heiratete nie wieder.

Dorfmusikanten

„Kannst du bitte in die Küche kommen, Jonas, das musst du dir ansehen."
Wenige Minuten später kommt Jonas in die Küche und sieht seine Anna aus dem Fenster schauen. Anna deutete ihm mit dem Zeigefinger auf den Lippen an, dass er leise sein solle. Jonas verstand dieses Signal nicht. Hatte Anna nicht gerade vor zwei Minuten laut seinen Namen gerufen? Er stellte sich neben Anna ans Fenster und schaute hinaus.
„Schau mal, da stehen Wilma, Helga und Herkules schon eine ganze Weile zusammen und es sieht so aus, als würden sie sich unterhalten."
Tatsächlich standen die drei Tiere im Halbkreis in der Einfahrt von Annas und Jonas' Haus und tatsächlich sah es so aus, als würden sie sich unterhalten.
Jonas lachte. „Stell dir mal vor, Herkules würde jetzt auf Wilma klettern und Helga auf Herkules, das wäre fast wie bei den Bremer Stadtmusikanten."
Jetzt musste auch Anna lachen. "Eher Stadt-

musikanten für Arme, also eher Dorfmusikanten. Fehlt eigentlich nur noch die Katze. Wilma, unsere kleine Heldin, als Eselersatz wäre mir recht."

„Stimmt, du hast recht, Anna, die Katze fehlt. Übrigens ist mir aufgefallen, dass es in Thorach überhaupt keine Katzen gibt. Zumindest habe ich hier noch nie eine gesehen."

Anna überlegte. "Stimmt, jetzt wo du es sagst. Mathilda, die Tochter von Gunda, hat mich das neulich auch gefragt. Also Mäuse haben wir in Thorach genug!"

Nun kam Bewegung in die drei Tiere. Herkules und Helga setzten sich in Bewegung. Wilma blieb noch ein wenig stehen und schaute mit großen Augen zum Küchenfenster. Anna und Jonas fühlten sich ertappt und schlichen langsam vom Fenster weg.

Azzuro

Wie jedes Jahr im März versuchte Fritz seinen Freund Karl zu überreden, auch in diesem Jahr zum Tanz in den Mai in den Dorfkrug zu kommen.

„Du kannst nicht immer nur auf dem Hof arbeiten, du musst raus, um auch die schönen Seiten des Lebens kennenzulernen. So findest du nie eine Frau!“

Es war vergebene Liebesmüh, denn Jahr für Jahr hatte Karl neue Ausreden.

Fritz ließ den Kopf hängen, denn er wusste, was jetzt kommen würde.

„Weißt du was Fritz, ich bin hier, damit du endlich Ruhe gibst!“

Fritz sah Karl mit großen Augen an. „Das ist doch nicht dein Ernst, Karl?!“

Karl nickte. „Doch. Ich finde, du hast dir in all den Jahren so viel Mühe gegeben, da dachte ich mir, dass ich dieses Jahr einfach mal mitmache.“

„Dass ich diese Worte noch einmal aus deinem Mund höre, du alter Sturkopf, hätte ich im Leben nicht gedacht“, grinste Fritz.

Karl lebte und arbeitete auf dem Hof seiner Eltern, einem Milchviehbetrieb mit 43 Kühen. Der Hof wurde bereits in der zweiten Generation bewirtschaftet. Auch Karl hatte Landwirt gelernt und für ihn war klar, dass er eines Tages den elterlichen Betrieb übernehmen würde. Neben Karl gab es noch einen weiteren Knecht auf dem Hof. Die Arbeit war schwer, der Tag lang und die Woche hatte sieben Tage.

Wenn Karl mal ein paar Stunden Freizeit hatte, setzte er sich auf seinen MAN Ackerdiesel und fuhr einfach so durch die Gegend. Der MAN war in der Gegend bekannt, denn Karl hatte ihn blau lackiert und viel Zeit in diesen alten Traktor investiert. Es kam der 30. April und Karl musste sein Versprechen einlösen, dieses Jahr zum Tanz in den Mai zu gehen. Karl hatte sich fein gemacht, weißes Hemd und schwarze Hose, die Kleidung, die er zuletzt bei der Beerdigung von Bauer Schulz getragen hatte. Karl legte keinen Wert auf den feinen Zwirn, Hemd und Hose passten seiner Meinung nach zu jeder großen Feier. So fein gekleidet fuhr er mit seinem blauen MAN vor dem Dorfkrug vor. Draußen warteten Fritz und seine Frau Ursel, beide lächelten ihn an. Fritz hatte Ursel vor drei Jahren geheiratet. Alle drei waren zusammen in Martfeld zur Volksschule gegangen und Ursel und Fritz waren damals schon ein Paar.

„Wir dachten schon, du kneifst im letzten Moment", lächelte Ursel ihn an, als er vom Trecker stieg.

Sie umarmte ihn. „Das wird bestimmt ein schöner Abend!"

Der Abend war wirklich lustig und Karl konnte sich nicht erinnern, wann er das letzte Mal so viel Spaß gehabt hatte. Ursel und Fritz ließen kaum einen Tanz aus, Karl hatte es sich am Tresen des Dorfkruges gemütlich gemacht, genoss sein Bier und unterhielt sich mit diesem und jenem. Meist ging es um Probleme in der Landwirtschaft, um das Wetter und natürlich um Politik. Dabei floss auch so mancher Schnaps und Karl hatte sich deshalb schon einen Kaffee geholt. Er drehte sich gerade mit seinem Kaffee wieder in Richtung Tanzfläche, als er plötzlich in das Gesicht einer Frau blickte. Erschrocken und überrascht lächelte er sie an und ein leises Moin kam über seine Lippen.

„Oh, hier gibt es Kaffee", sprach ihn die Frau an. „Dann hole ich mir auch eine Tasse."

„Ich habe gerade den letzten Kaffee bekommen, aber die Wirtin hat gerade neuen gekocht, das kann also noch dauern", antwortete Karl. Das Gespräch ging dann noch eine ganze Weile über Kaffee, ob mit Milch und/ oder Zucker oder doch lieber schwarz.

„Ich bin übrigens Thea", unterbrach sie das Kaffeegespräch.

„Karl", nickte er und überlegte, ob er ihr die Hand geben sollte.

„Hier aus Thorach?"

„Ja", nickte Karl wieder, „hier aus dem Dorf!"

„Ich komme aus Martfeld, geboren bin ich in Schwarme, aber wie das Leben so spielt, wohne ich jetzt in Martfeld."

„Ich bin in Martfeld zur Schule gegangen und die beiden da hinten auch." Karl deutete in diesem Moment willkürlich in Richtung Tanzfläche.

„Ja, wie das Leben so spielt." Thea folgte Karls Fingerzeig nicht, sondern sah ihn weiter an.

„Tanzt du gerne?"

Karl schüttelte den Kopf. „Ich bin kein guter Tänzer."

„Das war auch nicht meine Frage. Möchtest du mit mir tanzen? Ich hätte dich fragen sollen."

Karl tanzte wirklich nicht gerne und sein letzter Ausflug auf das Tanzparkett lag bestimmt schon über zehn Jahre zurück. Dennoch verspürte er große Lust, mit Thea zu tanzen, und als die beiden die Tanzfläche betraten, hielten Fritz und Ursel kurz in ihrem Tanz inne und schauten erstaunt zu den beiden hinüber. Karl hatte noch nie so lange getanzt, und es fühlte sich von Augenblick zu Augenblick besser an. Diese Zweisamkeit wurde unterbrochen, als eine Freundin von Thea auftauchte, die nach Hause wollte und sie und ihr Freund nun mit dem Auto fahren wollten.

„Ich kann dich nachher auch fahren", hörte sich Karl plötzlich sagen, „mein Traktor steht vor der Tür!"

Thea nickte mit einem breiten Grinsen. Weit nach Mitternacht nahm Thea das Angebot an, denn sie war müde und musste morgen früh aus den Federn. Beide verließen den Dorfkrug und Karl hatte sogar vergessen, sich von Ursel und Fritz zu verabschieden.

„Hoffentlich ist der Beifahrersitz nicht zu hart?"

Thea drehte eine Runde um den Traktor. „Was für ein schönes Blau", sagte Thea und kletterte auf das Gefährt. Langsam tuckerte der blaue Traktor über die Landstraße in Richtung Martfeld. Seit sie beide auf dem Trecker saßen und Karl losgefahren war, hatten sie kein Wort mehr miteinander gesprochen. Bei 25 Stundenkilometern schienen sie sich und die Fahrt zu genießen. Diese Stille wurde unterbrochen. Bei Thea angekommen, gab es einen langen Abschiedskuss und eine Verabredung für den nächsten Samstag. Karl wollte sie abholen. Ein Jahr später heirateten die beiden und Thea zog auf den elterlichen Hof. Zwei Jahre später wurde ihr Sohn Gevert geboren. Es folgten schöne Jahre. Thea lernte Traktor fahren und liebte den Hof und die Landwirtschaft. Als Karl den elterlichen Hof übernahm, war der Milchviehbetrieb auf 62 Kühe angewachsen. Karl hatte einen

weiteren Knecht eingestellt. Sohn Gevert be-
suchte wie Karl die Volksschule in Martfeld
und Thea fuhr ihn jeden Tag hin und zurück.
An dem Tag, der alles änderte, oder wie Thea
gesagt hätte: "Wie das Leben so spielt", fand
man Thea tot im Stall. Schlaganfall, wie man
Karl im Krankenhaus mitteilte. Karl hatte
seine geliebte Frau verloren und war nun mit
seinem Sohn und dem Hof allein. Am Tag der
Beerdigung fuhr Karl den blauen Traktor auf
den Seitenstreifen der Hofeinfahrt. Nie wieder setzte sich Karl auf seinen blauen Traktor.
Die Jahre vergingen und die Jahreszeiten
setzten dem Gefährt zu. Die blaue Farbe verschwand. Karls Sohn Gevert übernahm den
Hof. Auch er hatte inzwischen geheiratet,
und seine Frau arbeitete mit auf dem Hof. Als
ihr Sohn Paul geboren wurde, hatten sie nur
noch ein paar Kühe. Gevert trat in die Partei
ein und arbeitete sich vom Kassierer zum Bürgermeister hoch. Als Geverts Frau starb, hatte
er die Milchwirtschaft längst aufgegeben, den
Hof selbst behielt er. Sohn Paul lernte Auto-
mechaniker und wollte nichts mit der Landwirtschaft zu tun haben.

Eines Tages erzählte ihm Gevert die Geschichte von dem verrosteten Traktor in der Hofeinfahrt. Paul war gerührt, und eines Tages lud er den Rosthaufen auf einen Anhänger und fuhr ihn in die Werkstatt nach Riede, wo er arbeitete. Fast ein Jahr später brachte er den mit viel Mühe und Liebe restaurierten und natürlich blau lackierten Traktor zurück auf den Hof seines Vaters. Gerührt nahm Gevert seinen Sohn in die Arme. Dann drehten beide erst einmal eine große Runde durch das Dorf. Seit diesem Tag sind Paul und sein blauer Traktor unzertrennlich!

Athen

Die Frau am Check-in-Schalter händigte den beiden Herren ihre Flugtickets aus und wünschte ihnen einen angenehmen Flug und einen schönen Urlaub. Elias und Gevert schieben ihre Rollkoffer ein paar Meter weiter und bleiben stehen.

„Wir haben noch eine gute Stunde, bis unser Flugzeug startet. Hast du einen Vorschlag, wie wir uns die Zeit vertreiben können?", fragte Elias Gevert.

„Lass uns in das Café gehen, in dem wir letztes Jahr diesen wahnsinnig leckeren Apfelstrudel gegessen haben. Dazu eine Tasse Kaffee und danach gehe ich noch eine rauchen!" bekam er zur Antwort.

„Entschuldigung!"

Gevert und Elias drehten sich um. Hinter ihnen stand eine Frau in einem sehr bunten Sommerkleid und sprach sie an.

„Ja bitte?" kam die Antwort fast gleichzeitig.

„Sie sind doch der Bürgermeister von Thorach! Ich habe den Artikel im „Landwirt" gelesen und da war ein Bild von ihnen."

„Du hättest eine Sonnenbrille tragen sollen!“ feixte Elis.

„Ach, ich habe den Artikel noch gar nicht gelesen, wann ist er denn erschienen?

„Gestern ist er erschienen und da wurde ihr Dorf erwähnt und dass es Pläne gibt, den Tourismus in ihr Dorf zu bringen. Meinen Sie nicht, dass der Tourismus dem Dorf eher schadet?“

„Es geht um leerstehende Häuser, die wir an Gäste vermieten wollen, die eher die Ruhe genießen wollen. Ich war einmal Bürgermeister von Thorach, aber jetzt entscheidet das ganze Dorf, ob wir das Projekt umsetzen wollen und können“.

„Ich wohne in Schwarme, also gar nicht so weit von Thorach entfernt, und ich bin gespannt und werde es verfolgen! Ich wünsche ihnen viel Glück! Ich möchte sie auch nicht länger aufhalten. Ich sehe, dass sie mit ihrem Freund, dem Tierarzt, in den Urlaub fahren. Wo fahren sie denn hin, wenn ich fragen darf?“

„Wir sind jedes Jahr im Sommer für zwei Wochen in Griechenland“, antwortete Gevert.

„Vielen Dank fürs Daumendrücken. Wir in Thorach sind alle sehr gespannt, wie es weitergeht!“

Die Frau schenkte beiden noch ein breites Lächeln, drehte sich um und ging davon.

„Hast du das breite Lächeln gesehen und ihre Anspielung verstanden?“, reagierte Elias, als die Frau gegangen war. „Sie hält uns für schwul.“

„Den Eindruck hatte ich jetzt nicht und außerdem sind wir schwul und lass uns jetzt nicht über dein Lieblingsthema Homosexualität streiten. Ich verstehe ja, dass du dich nicht in der Öffentlichkeit outen willst, aber ein bisschen könntest du deine Liebe doch auch an solchen Orten zeigen. Die Frau war nur neugierig, und das Einzige, was mir aufgefallen ist, war ihr viel zu buntes Kleid!“.

„Lass uns mit Programmpunkt eins weitermachen und endlich dieses Café besuchen.“

Elias nickte, beide schnappten sich ihre Rollkoffer und machten sich auf den Weg zum Café. Sie waren kaum ein paar Meter gegangen, als sie plötzlich die Frau in dem viel zu bunten Kleid vor sich sahen.

Elias griff nun die Hand von Gevert und beide gingen Hand in Hand mit einem breiten Lächeln an der Frau vorbei.

Guten Morgen! Dies ist eine Durchsage für alle Passagiere des Fluges A32953 nach Athen. Der Flug hat wegen schlechten Wetters 30 Minuten Verspätung.

„Dann haben wir ja noch Zeit für ein Bier." reagierte Elias auf die Durchsage.

Good morning! This is an announcement for all passengers traveling on the flight A32953 to Athen. This flight is delayed by 30 minutes because of bad weather.

Motorschaden

Paul öffnete die Motorhaube des alten Opel Ascona. „Kannst du jetzt bitte den Motor starten?“

Gunda drehte den Zündschlüssel um, der Anlasser heulte auf, aber der Motor sprang nicht an.

„Hör bitte auf“, rief Paul ihr nach einigen Versuchen zu.

Gunda hörte jetzt ein Klappern und Rasseln, konnte aber durch die hochgeklappte Motorhaube nichts sehen.

„Versuch es bitte noch einmal“, rief Paul ihr wieder zu.

Wieder drehte Gunda den Zündschlüssel. Wieder ertönt nur das Heulen des Anlassers. Es dauerte einige Minuten, in denen Gunda immer wieder versuchte, den Motor zu starten. Immer noch ohne Erfolg.

Paul klappte die Motorhaube zu und öffnete die Fahrertür.

„Was glaubst du, was es ist?“, fragte Gunda.

„Nun, so wie es aussieht, muss es der Anlasser sein. Hier kann ich nichts machen, ich muss das Teil erst bestellen und dann einbauen. Deshalb schlage ich vor, dass ich dich mit meinem Traktor nach Riede in meine Werkstatt schleppe. In ein, zwei Tagen hast du dein Auto wieder!"

Gunda nickte etwas enttäuscht.

„Das ist nett von dir Paul, dann lass es uns doch machen, wenn du jetzt Zeit hast. Wird der Spaß teuer?"

Paul grinste. „Knapp neunzig Euro, glaube ich. Ich baue dir das Ding natürlich umsonst ein!"

Paul machte sich auf den Weg zum Hof, um den Traktor zu holen, und Gunda blieb einfach im Auto sitzen.

Gunda und Paul kannten sich schon lange und waren sehr gute Freunde geworden. Emma hatte immer gehofft, dass die beiden eines Tages ein Paar werden würden, aber Gunda sagte immer: „Es ist schön, so wie es ist."

Zehn Minuten später hörte Gunda das Motorengeräusch von Pauls Traktor. Schnell lief sie ins Haus und kam mit einer dünnen Jacke und einer Flasche Wasser zurück.

Paul hatte inzwischen seinen Traktor mit dem Abschleppseil am Opel befestigt. Dann erklärte er Gunda noch, was sie auf der Fahrt nach Riede beim Abschleppen beachten sollte. Dann stiegen beide in ihre Fahrzeuge und die Fahrt konnte beginnen. Paul fuhr vorsichtig an und zog den Opel langsam auf die Landstraße.

So tuckerten die beiden mit gemütlichen fünfundzwanzig Stundenkilometern Richtung Riede.

Eine knappe Stunde dauerte die Fahrt ohne Zwischenfälle. In der Werkstatt angekommen, löste Paul das Abschleppseil und schob das Auto auf einen der Stellplätze in der Werkstatt.

„Ich hätte noch Lust auf einen Kaffee, bevor wir weiterfahren, oder musst du gleich los?“, fragte er Gunda.

„Kaffee ist eine gute Idee“, antwortete sie.

Ilse Meyers Café war ein beliebtes Ausflugslokal in Riede, das auch von vielen Leuten aus der Umgebung gerne besucht wurde.

Weltberühmt war dort der Apfelkuchen. Die beiden hatten Glück, denn es war gerade noch ein Tisch frei.

„Ich lade dich ein, Paul, und das gilt auch für ein großes Stück Kuchen“.

Gunda und Paul hatten sich immer viel zu erzählen und viele gemeinsame Interessen.

Die Kaffeepause dauerte über eine Stunde und Gunda verschwand noch schnell auf die Toilette, bevor sie sich auf den Heimweg machten. Paul hatte in der Zwischenzeit eine dicke Wolldecke auf dem Beifahrersitz ausgebreitet, da dieser bei längerer Fahrt sehr unbequem werden konnte. Der Himmel war blau, die Luft herrlich, und da eine Unterhaltung während einer Traktorfahrt wegen des lauten Motors ziemlich anstrengend ist, blieb diese während der Fahrt aus. So fuhren beide gemütlich und genossen die Landschaft. Mit einem kräftigen Tritt trat Paul plötzlich auf die Bremse, denn eine Kuh war von links aus dem Gebüsch vor ihnen auf die Straße gelaufen, um auf der anderen Seite genauso schnell wieder im Gebüsch zu verschwinden.

Gunda konnte sich gerade noch mit letzter Kraft am Sitz festhalten. Besorgt blickte Paul zu Gunda. „Alles in Ordnung?“

Gunda nickte etwas blass. „Alles in Ord-
nung!"
So standen sie noch ein paar Minuten auf der
Landstraße.
„War das eben Wilma?", fragte Gunda, bevor
sie weiterfuhren.

Zukunft

Unsere acht Dorfbewohner aus Thorach haben in den letzten sechs Wochen wirklich hart gearbeitet, um heute ein gutes Konzept für die Idee der Ferienwohnungen präsentieren zu können. Neben der Familie Ahlers aus Riede, die sie eigentlich auf die Idee gebracht hatte, waren noch fünf Hausbesitzer und somit ehemalige Dorfbewohner anwesend. In der sechswöchigen Planungsphase konnten bis auf zwei alle anderen Hausbesitzer überzeugt werden, ihre Häuser als Ferienwohnungen anzubieten. Diese Überzeugungsarbeit war insofern nicht schwierig, da diese leerstehenden Häuser bis heute nicht verkauft werden konnten. Schwieriger war es, die Eigentümer davon zu überzeugen, die Häuser möbliert und mit Internetanschluss anzubieten. Hier noch einmal zu investieren, bevor sich ein Gewinn einstellt, kostete so manches Telefonat. Das Thema Bus und die damit verbundene Fahrplanerweiterung ist vorerst gescheitert. Das Busunternehmen wollte erst die weitere Entwicklung abwarten, um dann vielleicht doch noch in eine Erweiterung einzusteigen. Bei der Aufgabenverteilung unter den Dorfbewohnern zeigte sich dagegen die ganze Kreativität der Sechs. So sollte der alte Tante-Emma-Laden in ein Besucherzentrum umbenannt und umgebaut werden. Hier sollte jeder Besucher den Service und die Angebote des Dorfes erhalten. Mit Fahrradverleih, Kutschfahrten und einer Poststation. Emma, Gunda und Hilde waren dafür vorgesehen. Auch der Dorfkrug sollte wieder zum Leben erweckt werden, betrieben von Anna und Jonas. Der kleine Streit, ob der Dorfkrug weiterhin Dorfkrug heißen soll, wurde nach einem emotionalen Auftritt von Emma schnell beigelegt. Gevert behielt seinen Job als Briefträger und übernahm nebenbei mit Paul die Hausmeistertätigkeit für Haus und Grund. Nun standen unsere sechs auf dem noch nie so vollen Parkplatz vor dem Dorfkrug. Die Sitzung verlief bis auf ein paar holprige Tagespunkte sehr gut und auch in diesen strittigen Punkten konnte eine Einigung erzielt werden. Alle Beteiligten gaben sich einen Monat Zeit, um die Auflagen und Umsetzungen zu realisieren und dann sollte es pünktlich zum Sommeranfang mit der Eröffnung losgehen. Freudestrahlend präsentierte Gunda die ersten beiden Buchungen. Plakate und Flyer wurden vorgestellt, ebenso die von Gunda und Paul gestaltete Homepage. Wer bei der Aufgabenverteilung unter den Sechs mitgezählt hat, wird bemerkt haben, dass Doc Elias noch gar nicht erwähnt wurde. Seine Idee, Kutschfahrten für Gäste anzubieten, stieß auf Begeisterung.) Eine alte Kutsche stand noch in seiner Scheune und als er dann noch ein Zugpferd aus dem Nachbarort Martfeld ersteigern konnte, war die Idee in die Tat umgesetzt. Und natürlich hatte das Dorf mit dem Doktor auch einen guten Arzt für medizinische Probleme. Gegen achtzehn Uhr verließ auch der letzte Gast den Dorfkrug. Unsere Sechs versammelten sich auf dem Parkplatz, wo sich Herkules und Helga ein schattiges Plätzchen gesucht hatten, tief schlummerten und von all dem nichts mitbekamen. Ein breites Lächeln umspielte ihre Münder, und Gunda griff nach Pauls Hand und rief: "Ich bin stolz auf uns, unser Dorf hat wieder eine

Zukunft!

„Moment mal!" Emma hob die Hand, „wir dürfen unsere Hauptdarstellerin nicht vergessen. Wo ist eigentlich Wilma?"

Die Sechs schwärmten aus, um Wilma zu suchen, aber sie war im Dorf nicht zu finden. Es war Mathilda, die plötzlich rief: „Da ist sie!"

Als alle bei Mathilda ankamen, sahen sie in der Ferne Wilma auf der Landstraße nach Martfeld laufen. Neben ihr trabte eine braunweiße Kuh.